U0905607

诗

XUE DI SHANG DE YANG

雪地上的羊

00后姐妹诗稿

姜馨贺 姜二嫚 著

文匯出版社

图书在版编目(CIP)数据

雪地上的羊 / 姜馨贺, 姜二嫚著. -- 上海 : 文汇出版社,2018.7

ISBN 978-7-5496-2658-8

Ⅰ. ①雪… Ⅱ. ①姜… ②姜… Ⅲ. ①诗集-中国-当代 Ⅳ. ①I227

中国版本图书馆 CIP 数据核字(2018)第 148417 号

雪地上的羊

著　　者 / 姜馨贺　姜二嫚
责任编辑 / 吴　华
出版策划 / 力扬文化

出版发行 / 文匯出版社
　　　　　上海市威海路 755 号
　　　　　(邮政编码 200041)
印刷装订 / 成都勤德印务有限公司
版　　次 / 2018 年 7 月第 1 版
印　　次 / 2018 年 7 月第 1 次印刷
开　　本 / 880×1230　1/32
字　　数 / 150 千
印　　张 / 6

ISBN 978-7-5496-2658-8
定　　价 / 28.00 元

目录 CONTENTS

第二辑　雪糕兄弟

第三辑　订货

现代诗最初的样子

——《雪地上的羊》序一

周瑟瑟

刚刚编选完《2017 年中国诗歌排行榜》，我在后记中写道：00 后诗人的成长总是喜悦的，这是诗歌的未来，编选他们的作品，我看到了充沛的创造力，他们的先锋性与现场写作能力，有时甚至超过了成年诗人。今年在鄂尔多斯先锋诗会与新世纪诗典诗会上，姜馨贺、姜二嫚姐妹与江睿的表现，让我看到了一代诗人想象力的丰富，语言的直接与敏锐的捕捉生活诗意的能力，现场写作最能考验一个写作者。她们三位女生一个个上场，清脆的童声，羞涩的神态，但掩饰不住良好的语感与自信。

姜二嫚与姜馨贺，她们的诗歌写作引人注目，她们成了 00 后诗人的代表。我关注她们有四五年了，最早我是通过伊沙主持的“新世纪诗典”的推荐知道她们的，伊沙有超强的发现好诗人的本领，从 2013 年我接手为邱华栋编选《中国诗歌排行榜》年选，我就开始寻找 00 后小诗人，伊沙提供了可以信赖的选择，我与姜二嫚、姜馨贺都无法取得联系。2014 年，先是姐姐姜馨贺的诗收入了《中国诗歌排行榜》，突然有一天我收到邮件，妹妹姜二嫚说她也要投稿，我一看，原来是一个更小的孩子，那一年姜二嫚 6 岁，姜馨贺 11 岁，这是我查《2014 年中国诗歌排行榜》后记证实的。那么小的孩子，她们的诗十分鲜活，并且有趣，我看好她们，持续几年她们都进入了我们编选的“年度十大 00 后诗人”之一，她们凭的是写作实力，是她们不断写出的优秀作品。

我对这一对小姐妹的作品越来越熟悉，她们都已经有了代表作了。直到我文章开头提到的鄂尔多斯先锋诗会与新世纪诗典诗会，我第一次见到这两个小孩，还有她们的爸爸妈妈，一家人为了一次先锋诗歌活动，转了几次飞机火车赶来了，他们对诗歌的重视，年轻的父母对孩子的诗歌写作的支持，让我很是尊重。从孩子到父母，内敛好静，他们在一起非常融洽，最小的妹妹姜二嫚活泼好动一些，姐姐姜馨贺与妈妈爸爸特别安静，但这两个孩子却是现场写诗的高手。尤其是妹妹姜二嫚简直成了那次鄂尔斯先锋诗会与新世纪诗典诗会的小明星了，她每次上台朗诵时先说一句：我是姜二嫚，然后快速躹一躬，引得大家哈哈大笑。

孩子写诗有天然的优势，她们看待事物的视角是天真的，她们的世界全是诗，因为她们的思维方式是诗意化的想象，所以读她们这部诗集《雪地上的羊》，我有一种来自孩子诗意想象的享受，她们不时冒出新奇的想象，让我不得不羡慕儿童的生活。相比有的孩子，她们从小生活在一个尊重自由想象的家庭是幸运的，她们的父母懂得去鼓励和保护孩子的天性，让她们在诗歌的写作里获得了少年的快乐。看得出来，她们的爸爸、诗人普元先生不是那种功利型的家长，而是以孩子的兴趣为重心的人。

孩子写作，一定要快乐。从姜二嫚与姜馨贺的诗里可以看出，诗是快乐的，不是强扭出来的。这两个孩子的诗充满了生活的快乐，这是从生活中间产生的诗，而不是为了写诗强硬逼出来的假模假式的抒情。她们还并不知道那种抒情，我是说那种经过中学、大学训练出来的抒情，她们现在的诗完全是基于孩子所看到、所感知到的事物的记录。所以某些经过文学训练出来的成年人，会认为这些孩子写的不是诗，他们脑子里的诗是那种假模假式的抒情，啊长江多么长，啊天空多么美，这类腔调是反诗歌的。姜二嫚与姜馨贺的诗却是源于心灵细微的感受与体验，是她们自动写作的结果，是没有经过文学变异之前的诗。而我从她们这个年龄阶段的诗里看到了现代诗最初的样子，干净、简洁、直接、天然，没有假的成分。

我曾经提出过“原诗”写作，其中有一个想法就是向儿童学习，学习儿童的真实与直接、简洁与天然。只有经过了成年的虚假才知道儿童纯真的美好，只有丢掉了童心，才知道童心是艺术创造不出来的。

《雪地上的羊》以妹妹姜二嫚打头阵，每人50首，每人均分为三辑，共100首。从小时候的家庭生活、小孩子天真的梦想，到对外部事物的思考，一条线索编排下来，孩子从幼嫩到慢慢成长的过程，通过每人的三辑作品，可以清晰地看到。也就是说她们的诗，是她们成长的记录，伴随着童年生活而不断变化，这条线特别明显，一开始还奶声奶气，然后一年年有了不同的声调，但她们这一代人一开始也不是我们小时候写的那种儿童诗。我们当年这么小的时候是在一种特别正确的氛围下写诗，但用的是假嗓子，成年后现在还有很多人在用假嗓子写作，修辞成熟、技术现代，但没有真实的想象，一个假人写假话，反而成了最正常的诗。这就是真相。

所以我的题目叫《现代诗最初的样子》，是有所指，我们现在某些诗歌首先不是现代诗，是特别落后的东西，因为没有鲜活的现场生活，没有做为一个真实的人的想象，从语言到表达的内容都沾满了假的羽毛。我读《雪地上的羊》，发现她们严格顺着真实的生活与想象在写诗，没有偏离她们的生活与想象。有人会说这是口语诗，我要说她们选择了一种贴近生活的最妥贴的语言在写，如果她们用那种文绉绉的特别书面的语言写诗，她们肯定没有兴趣写了，她们肯定进入不了诗意的生活，因为那会让她们痛苦与难受。要想毁掉一个孩子的童心，就让孩子以假嗓子说话与写诗，要想让孩子快乐，在天性里获得诗歌的启蒙，就让孩子顺着自己平时说话的腔调写诗与思考。

我在今年编选的《读首好诗，再和孩子说晚安》第五册的序言里写道：叙事是诗歌最基本的方法，从《诗经》开始，一直到中国新诗的第一人胡适，诗歌首先要把事情说清楚，其次才是在事实上表达出你的感受，也就是你的情感。胡适的方法是“话怎么说，诗就怎么写”，白话文解放了古文，让诗回到了生活现场，并且写出与我们息息相关的真实的生活现场。

《雪地上的羊》这部00后姐妹诗集，证实了我说的叙事方法，姜二嫚与姜馨贺的诗，证实了胡适的方法“话怎么说，诗就怎么写”的妙处，妙处就是让她们写出了现代诗最初的样子。注意我想强调的是现代诗，而不是儿童诗，她们虽然是儿童，并且写了不少有儿童想象与生活的诗，但她们的诗是现代诗，有脱口而出的现代语言，有越来越精彩的触及人类原初经验的诗意，是孩子们为我们保留与重现了人类的原初经验，所以我们不要用训导的高高在上的眼光看待孩子的诗，我们要俯下身来，向孩子学习，当姜二嫚朗诵时说：我是姜二嫚，然后鞠一躬时，我们应该向孩子鞠一躬：我是成年人，我要学习孩子没有受污染的天然的现代意识。

2017年12月6日于北京树下

（周瑟瑟：当代著名诗人、小说家、书画家和纪录片导演，现居北京。著有诗集《松树下》《栗山》《暴雨将至》《苔藓》等13部，《诗书画》周瑟瑟书画集。主编《卡丘》诗刊，选编《新世纪中国诗选》《中国诗歌排行榜》《读首诗，再和孩子说晚安》（五卷）《中国当代诗歌选》等多种，曾应邀参加哥伦比亚第27届麦德林国际诗歌节等。）

小荷才露尖尖角

——《雪地上的羊》序二

孙基林

尽管同窗学弟膝下一双宝贝、00后姊妹花诗人姜馨贺、姜二嫚已名播诗坛有些时日了，甚至在国内顶尖诗刊上也已刊载组诗并配发评论，在国内几个知名诗歌奖项上也获取名声，可在我目前或内心镜像中闪过的，依然是她们初登诗坛时如出水含苞的小荷，露出的那点尖角、锋芒，既让人眼前闪亮，也心生无限的期待！所以当同学从深圳打来电话，说及一对宝贝女儿的诗作已入选出版计划即要合集出版时，问我是否可在诗集前面写点什么？我虽自知距离孩子的世界尚且遥远，而要进入并适切把握更未可知！不过第一反应还是欣然应允，之余便是在第一时间的感觉和视野里映现出这样的画面以及由这样的画面所烘托闪烁的文字："小荷才露尖尖角"！柳拂细水，小荷含苞初绽……我相信杨万里的这句诗不仅含着情景的惊喜，在情景之外一定还有着更多的深义，包括远方、高处，款款的期冀……

我们每个人都有过童年，或内心里也一直住着一个孩子，曾经的和唤起的，能否一古脑儿涌到目下或当前，这考验着每个个体感知及体验世界的能力。的确如此，我们曾经历过那些奇思异想的年月、光景，在日复一日、年复一年成长的路上，我们或许也曾被某些奇异美妙的时光或场景击中过、震颤过，灵视的眼睛也曾掠过不一样的山川、草木，或者各色人等，只是少有机缘将此定格在某个稍纵即逝的历史瞬间里，而让那些遥远的清晨、黄昏亦或午后的某个时刻匆匆地走远……这对诗坛小姐妹显然有所不同。值得庆幸的是，她们与生俱来的天分、才情得以被及早发见，甚至几乎均在三五岁学语的年纪即能说诗，让诗走近自在、无遮拦的心灵，由此使得那些自在的诗性与年幼的生命、心灵一起成长、发散。她们凭借着内在的眼睛和倾听，驻足于开阔的世界及林林总总的事与物之中，身在此刻却似乎又在远方，即事、即物、即人、即诗，均有着单纯而又多侧面的生命底色和内心的定势。

比如在日常事物、生活及诗的情绪感应层面，她们小小的年纪，内心里虽藏着伟大的事物，但百娇千宠，显然还是被浓情爱意所包围、浸润着；而对于父母、亲人的呵护，也有着天然、本能的依恋、贴心。因为它是生命及情绪触发的原点、血缘的联接及本能反应，连带着的是生命的成长，无论欢乐、忧伤、疼痛，还是觉悟与行动，这种情感及行为经验自然最具本然、纯粹、质朴和真切。就如姜二嫚、姜馨贺两位小诗人都有的《我慢慢吃饭》中的那些诗，或写爸妈、奶奶、大爹，或写姐妹之间，甚至如家人般的小动物等等，其亲情纽带，均在事物与诗的纹理间颤动；他们的举止、样貌、言语，则成为情绪及诗的触点、源头，牵托着她们小小的内心，就如小小的爱“装满全世界/所有的地方”一样；而那万千的事物更是被她们的感觉、心情所点染、皴化，呈现出不一样的内在肌理来。就如她们笔下经历过太多往事的“蝴蝶”及明灭不定的“路灯”或“烟花”，也如“五颜六色的衣服”，或在“着火”，或变成“一片草原”或“一棵树”，总在不同的心境下显现、变幻着！当然，在诗坛小姐妹既有的诗歌世界中，借物抒情只是其中的部分，甚至不是最主要的部分。她们的诗好多时候不是抒情，而是说事纪物，在讲述中显露出特有的机智、幽默和童趣。显然，她们面对以及处理世界的方式，主要并不在于抒写，而是在想象、在叙述而已。

所以，我读俩姐妹的诗，常常惊异于她们出离理路后突发而至的天使般想象力。就如同姜二嫚的《灯》，它“把黑夜/烫了一个洞”，这不禁让人想起顾城《星月的由来》：“树枝想去撕裂天空/却只戳破了几个微小的窟窿”……无论“灯”，还是顾城的“星月”，真如是天外来物一般，直觉得它的神奇、巧思；而二嫚《月亮》《光》的想象就更精妙、富有繁复的层次感：“为了跳到天上/月亮先爬到/树上”；“晚上/我打着手电筒散步”，累了，就把它当作拐杖，“我拄着一束光”……不露痕迹的错置、移转、妙喻、比附，体现了孩子感知世界的奇思异想，实在曼妙无比！相比二嫚，姐姐姜馨贺面对世界、外物的原始想象力，似乎更为广大丰富些，尤其妙在她对某个场景、故事的点染、演绎，亦我亦他，亦真亦幻，甚至上下古今，浑然难以辨识、界分，就如《读〈聊斋〉》，作为传统抒情者的“我”，同时也是一个故事内叙述者，虚构与现实，真实与想象，互为镜像，既今亦幻，极富有张力和深意。而《燕子》的镶嵌式叙述，叠加两个不同事件，一是燕子雨中登门借米喂食小燕子的想象性或预设性事件，一是我与妹妹在雨中观察燕子为小燕子出门觅食的真实事件，虚构与现实既构成了对话，又增加了广阔的解读空间。《爸爸》一诗同样可看作叠加式或幻想式叙事，它或许由“爸爸正在看书”作为事件生发的原点，当然也很可能由一幅照片引起，由此看到或想象到父亲小时候坐在油灯下或优雅的月光下看书的情景，然后叙述将“我”置入过去的场景中（不然我不会“在旁边/大喊一声/爸爸”)，也或许将过去与现在的场景叠加，亦真亦幻，强化了无限的想象性和感染力。《五朵玫瑰花》也是，它由我叠就的五朵玫瑰花、爸爸拿着她去求五次婚、然后生下五个我、我有五个童年的叠加故事构成，由此形成奇妙的叙述想象和诗意效果。的确，对于成人世界，俩姐妹似乎一无拘碍地处身在那个我们已然走远了的童话王国，那里纯净自然，充满不一样的故事、事物，而她们也同样生长或充满着奇异的想象性，变幻魔法似的将那些看似不着边际的事物、人放在一起，让他们产生在现实世界难能有的奇异效果和诗性蕴含。

除想象力之外，那些同样新巧而具童趣口吻和陌生化效果的叙述性质素也让俩姐妹的诗歌似乎回到了原点，而成为一种本来的诗歌。两位诗坛小姐妹，其实在最初并不识文认字时就已识诗、说诗，然后由爸爸记载、整理下来，使诗具有了一种记录的形式或记载的功能，其实这正是上古诗歌自原点出发而生成的一种本来的样式。所谓“诗言志”，传统上带给人们的认知是：诗是抒情的。可闻一多先生通过文字考释以为：上古并没有“诗”字，其实“志”即是“诗”，它不仅指向记忆、怀抱等内心世界，同时也有记载之义。也就是说，抒情并非是诗的唯一功能与本性，记载、叙事也是。记载、叙事是诗歌本来的样式之一，甚至是更为本源的诗性形式。两位诗坛姐妹花始自本源的写作，最终让诗具有了某种记录性或叙述性特质。无论是姜二嫚诗的童话讲述，还是姜馨贺诗的寓言式叙事，都给诗增加了某些纪事性和叙述性。而这些纪事性、叙述性以及对日常世界的感受，恰与当下的日常诗性书写构成了对话，只是她们虽在日常世界中生活，却不在日常事物中限定自己或固化为某种日常性：琐碎、反复、平庸，不变的姿势，同样的进程。日常生活虽然只是一个平面，它不过在那儿存在着……但它同样具有成长、生产机制，就如列菲伏尔有关日常生活的思考所说的那样，“人”正是在这里被“发现”和“创造”的。其实不仅仅“人”，“世界”也一样。正如姜二嫚的《我发现》（之十一）所发现的：“我发现/有好多颜色……好多声音”，都还“没有命名”；“甚至/有好多字/还根本没有发明出来”。即使已成定式甚至不容怀疑的说辞和结论，由于主体与角度的变化，既有的判断也会产生偏移，达致新的发现和揭示。尤其在孩子的世界中，人、世界本来即浑沌一团，可正是在这浑沌里，充满着奇异、陌生的发现与创造性。就如她们在饼干的缝隙中发见一个小人国，或驻足雨中久久地观察屋檐下辛劳觅食的燕子妈妈一样；一面她们会乘着无边际地幻想去飞翔，同时也会伏下身子与事物粘附在一起，去发现和命名新的事物，揭示日常世界所不经意的意义和秘密。

两位天才小诗人，大体有着一样的天才、可爱之处，只是由于处在不同的年龄、时段，诗的语调、气息、品性会有些差异、变化。就两个比较来说，更小一点的妹妹或许更为诗性烂熳一些，她自由无碍，想象奇特，形式格局虽小，却不减世界的开阔；姐姐同样自由飘逸、想象开阔，但显然更具感悟、思考的深度，或许经历的往事更多一点，所以对社会人生的关怀、悲悯也更为热切、沉重，具备思想力。然而，对于两个由诗生成的天使、精灵，包括她们用诗创造的奇异世界，任何言说都似乎显得那么多余和累赘，对此我也心知肚明。所以还是就此止笔，回到“以诗言诗”吧！

是为序！

（孙基林：毕业于山东大学中文系并留校任教，现为山东大学文学院与威海校区文化传播学院教授，博士生导师，现代诗歌研究中心主任，兼任中国当代文学研究会理事，山东省当代文学研究会副会长等。出版《新时期诗潮论》《漂泊的生命：朱湘》《内在的眼睛》《崛起与喧嚣：从朦胧诗到第三代》《现代诗讲述与评论》等多种。）

【卷 A】

姜二嫚作品

Chapter 1

第一辑

小猎狗

原　创

如果有谁对我说
我爱你
这绝对绝对不是原创
原创在妈妈那里

2014. 10. 9

梦

每天睡觉前
我都对妈妈说
梦里见

可是在梦里
我老飞到别的地方去玩

对不起呀
妈妈

2014. 10. 25

我基本上

我基本上就是妈妈
妈妈基本上就是我
你摸我的肉
就是摸妈妈的肉
因为我是妈妈生的
我是妈妈的一部分

2013. 11. 25

我 爱 你

我爱你
妈妈
我一直爱你
连我的影子也爱你
我即使不爱你了
我也爱你

2012. 3. 2

一望无际

爸爸带我过马路
太阳很晒
天空突然变阴了
原来是爸爸
用手帮我遮住了阳光
爸爸像个巨人
一望无际

2014. 10. 6

温馨提示

我在给爸爸掏耳朵
此耳朵暂停使用
请各种声音绕道而行
前往其它耳洞
因此给你们造成不便
请谅解

2014. 10. 14

爸　爸

我看见
爸爸小时候很小
坐在油灯下用心看书
有时还坐在
优雅的月光下看

我在旁边
大喊一声
爸爸

爸爸吓了一跳
但很快
又埋下头去看书
因为还有好多页没有看完

那时候
爸爸还没有戴眼镜
脸上的皱纹

也大概只有
两三条

2015. 6. 1

我不知道为什么

我不知道为什么
我会生活在这个世界上

我不知道为什么
我会生活在这个家庭里

是你们选择了我吗
我没办法选择你们

但是我对你们的选择
很满意

2013. 11. 12

我也是双胞胎

妈妈
你生我的时候
连我的影子也一块生了吧

所以我也是双胞胎

我的影子
有时候出来
有时候不出来

有太阳的时候就出来
有灯的时候就出来
有月亮的时候就出来

我的影子
老是喜欢跟我学

我走

我的影子就走
我和姐姐打架
我的影子
也和姐姐的影子打架

我的影子
不出来的时候
不知道去了哪里

2014. 1. 8

爸妈不在家

爸妈不在家
就听姐姐的

姐姐不在家
就听我的

我不在家
就听小白的

小白不在家
就听地板下的小人的

地板下的小人不在家
就听小鸟的

小鸟不在家
就听蚂蚁的

蚂蚁不在家
就听小飞虫的

小飞虫不在家
就听水果的

水果不在家
就听窗外的树叶的

窗外的树叶不在家
就听书架上的书的

书架上的书不在家
说明我们搬家了

2014. 4. 23

小 猎 狗

我和爸爸玩飞盘
玩着玩着
旁边路过一家人
他们有两个孩子
我们把飞盘一抛出去
那两个小孩就追着捡回来
像是两只
汪汪叫的小猎狗
我以前
也是这种小猎狗

2014. 7. 27

找衣服历险记

早晨醒来
衣服衣服，你在哪里

我找遍世界各地
都遭到了拒绝

在一个被遗弃的破房子里
这是传说中埃及王住过的房子
有一张破床
我的衣服就藏在床底下

我抱着衣服往回走
路过一条大河
一群鳄鱼袭击了我

我撒了些食物给它们
趁着它们吃东西时一闭嘴
我就踩着它们的嘴尖，跳了过来

刚松了一口气，突然又来了一只熊
我跟这只熊大战了600个回合
最后我跳进河里
发现一只大螃蟹

我以为螃蟹不在家
想躲在它的壳里，可怕的是
螃蟹在家
幸亏我的魔幻宠物霞霞来了
它和螃蟹是好朋友

我们冲进鳄鱼肚子里
生活了一段时间

当我回到家里
发现我在外面已经很久
爸爸妈妈都已老得不像样子
爸爸的白胡子有20米长
妈妈的白发有80米长
姐姐也早已出嫁
我们家成了一片废墟

2014. 10. 31

夜行列车

晚上
列车走在湖北
虽然车里的电灯熄灭了
但是外面的风景没有熄灭
外面的雨
外面的灯火
外面的河流
都跟我打招呼
它们不像我们家外面的风景
好几年都不更换
所以我喜欢旅游
我有点睡不着
我跟别人不一样
再说我也想妈妈和小白了
还有我的两只兔子

2011. 11. 27

Chapter 2

单纯的一天

今天好单纯啊
我和姐姐都很单纯
没有一刻不单纯

属于阳光的天空
也很单纯

2013. 10. 6

饿

我在家等爸爸妈妈
我饿了

这时飞来一只金龟子
可能金龟子也饿了

2014. 9. 25

我是外星人

我是外星人
我已经 1293 岁
我准备撕掉我的面具
除非你给我买一个
双球冰淇淋大雪糕

2015. 4. 6

蚂　蚁

今天早上
我在离学校不远的早餐店里
吃饭
我看见桌子底下
有一群蚂蚁
在啃食
一个掉在地上的丸子

它们吵闹着
唱着歌
把食物一点一点
搬回家

我故意缩着脚
不去打扰它们

在它们的眼睛里
我永远是一个巨人
一个友好的
巨人

2015. 1. 16

干　杯

地球属于人类
这是个有罪的想法
地球是大家的
最先发现地球的是动物
现在我要为动物干一杯
我的左手代表我
我的右手代表所有动物
我举起我的花之杯
先喝为敬
干杯

2015. 5. 20

雪糕兄弟

我买了一个雪糕
把它咬成一个小人形状
我惊叫着说
啊呀你怎么住在雪糕里
他说看把你紧张的
我本来就住在雪糕里

后来又出现了好几个小人
他们说
哈哈我们都是雪糕兄弟

他们还说
我们可以帮你实现两个愿望
你有什么愿望呢

我说我想有一个
叫霞霞的魔幻宠物
还想有一盏神灯

很快我就有了霞霞

和一盏神灯

2014. 5. 14

生 病 记

再也没有人叫我起床了
再也没有人欺负我了
姐姐也不能打我骂我了
爸爸妈妈都对我彬彬有礼
连小狗都对我客客气气
我躺在床上
横着躺
竖着躺
歪着躺
都行
我好吃懒做
舒舒服服
就像玉皇大帝
或者一个总统
谁都不敢管我了
我终于解放了
自由了
我高兴地拿个大喇叭

来到北京
来到巴黎
来到东京
来到纽约
来到新疆和内蒙古
到处乱喊
我是 2014 解放者
围观的人都惊呆了
然后大喊万岁
他们认为自己也是解放军了
就乱扔乱砸
他们把底裤从阳台扔了下去
连锅碗瓢盆全扔了下去
把家里最值钱的古董也扔了下去
大街上的人都打着铁伞走路
穷人在街上迎接自天而降的宝贝

这都是因为我
终于生病了

2014. 11. 18

西 瓜 话

卖西瓜的人
拍一拍大西瓜
问道
喂你好吗
你熟了没有哇

他侧耳听一听
听见西瓜说
熟啦熟啦

但是有个调皮的西瓜
故意说
不行不行
我还没熟呢

卖瓜的人
和西瓜
说的都是

西瓜话

我也想学
西瓜话

2014. 6. 8

加 油 站

每当见到加油站
我就在心里大声地喊
加油加油加油
也不知为了谁

2014. 7. 27

我想去喜马拉雅山

我想去喜马拉雅山
在山顶
立一座房子
我想切一块云彩
做云彩气球
或者
做个云彩风筝

我听说
在喜马拉雅山
有一条河
被冻住了
我想在冰上
敲个洞
钓鱼
因为我会做鱼钩

有一头小鹿

也被冻晕了
我把它救回来
放在热炕上
暖一暖
等它醒来
我就骑着它
在大山里玩

鹿吃草
我就会在大森林里
把草上的冰雪打掉
让它吃

然后
我就放掉它
让它自由

2014. 1. 15

乞　求

可怜可怜我吧
这四处流浪的人
我无爹无娘
家中什么都没有
自从去年闹灾荒
我就没有吃过一顿饭喝过一口水
我唯一的这只瘦狗是借来的
我的手也是借来的
我的脚也是借来的
还有我的胳膊我的脸和我的眼睛
都是借来的
我的眼泪也是借来的
我没日没夜地到处找
终于找到了你
求求你开恩吧
让我玩一会儿
你的 iPhone 手机

2015. 3. 21

饼干的缝隙

饼干的缝隙里
住着小人国的人

小人国的王后说
我现在要请姜二嫂到宫殿里来
到饼干王国的卧铺上来
让她爬上
那 52 层不同花纹床垫的
床

我来到了
那 52 层不同花纹床垫的
床前
我惊叫一声
好高啊

我架起梯子
往上爬

我爬了
整整 50 分钟

床的上面
很广阔
像个大花园

啊呀
什么时候
我也变成
小人国里的人了

2013. 11. 9

我到处摸

我到处摸
我摸大树
我摸青草
我摸房子
我摸狗
我摸石头
我还摸我自己

我是在摸一颗星星
因为地球
也是一颗星星

2014. 6. 26

什么都是路

什么都是路
河的路走鱼
天空的路走鸟走圣诞来人
树梢的路走风
大石头的路走蚂蚁
龙华文化广场的路
走我的滑板车

2014. 8. 18

上 学 记

早晨上学
我看见一座摩天大楼上
有 3 个蜘蛛人
在冲洗大楼

他们拿着水龙头
给大楼
给大楼下的小花
小草
和流浪猫
下了一场雨

大楼
小花
小草
和流浪猫
都高兴地喝了

我拿我的想象
给雨
飘来几朵云
有红色的
黄色的
黑色的
绿色的
各种各样的颜色
但没有白色的
我觉得白色的
太单纯了

后来
雨过天晴
我的云合起来
变成了一道彩虹

蜘蛛人
也都变成了
蜘蛛侠
他们吐着丝
飞走了
飞到了蜘蛛王国

虽然他们飞走了
但是地上

还有水的痕迹
水里面
有蜘蛛侠的指纹
和脚纹

2013. 11. 9

表哥不会笑了

表哥不会笑了
笑被他遗忘了
妈妈说他要考大学

我想带他去捞鱼
如果一网下去没有鱼
我们就会一块儿失望和伤心

如果一网下去有鱼了
那么哥哥就一定会跟我
欢天喜地的
笑起来

2014. 10. 31

Hello

Hello 小狗你好
Hello 树叶你好
Hello 路灯你好
Hello 观澜河你好
Hello 栏杆你好
Hello 水泥你好
Hello 油漆你好
Hello 哈尔滨饺子园你好
Hello 维也纳酒店你好
Hello 车站你好
Hello 斑马线你好
Hello 汽车喷的臭气你好
Hello 垃圾桶你好
Hello 天上的星星你好
Hello 建设银行你好

我喜欢一样一样往下说
慢慢说

我不想一下说完
Hello 世界上的万物你好
不
我不想这么说
除非我已经很老很老了

2015. 11. 5

Chapter 3

西天的霞光

西天的霞光
是天庭里最后一盏灯火
那是上帝点燃的
提着它
踩在云彩上走
天黑了
上帝走远了
后来上帝又回来了
换了另外一盏灯
就是月亮

2013. 9. 5

灯

灯把黑夜
烫了一个洞

2014. 12. 16

光

晚上
我打着手电筒散步
累了就拿它当拐杖
我拄着一束光

2014. 10. 12

月　亮

为了跳到天上
月亮先爬到
树上

2014. 10. 13

订　货

月亮啊
我向你订货

我要一个正方形的月亮
我还要一个三角形的月亮
我还要老鼠形的
猪形的
羊形的
兔子形的
牛形的

我要开个店来卖
有谁觉得天太黑了
就买一个

2012. 9. 28

火　车

火车
贴着地跑
火车弯弯的
因为地球是圆圆的

2014. 12. 17

晚　上

晚上
我们去莲花山
荡秋千
我和朋友走在前面
大人都走在后面
路灯一下停了
我们只好在黑暗里走路

没有路灯
原野里的小花
只好靠着花蜜的亮光
来当灯
小草借着露珠才知道
自己在哪里

2014. 1. 31

河水轻飘飘

河水轻飘飘
我的头发也在飘

小鸟在空中翱翔
力量陪伴着它

一座巨大的楼房
在水中的倒影
就像水里有一座宫殿
鱼儿住在宫殿里
正在跟水鸟搏斗

树在朗诵春天的到来
蝉为最后的牺牲歌唱
松鼠拼命地跟蝉告别
用最后美好的时光
做最后的告别

2013. 8. 30

慢速度的地方

我来到一个慢速度的地方
每天都慢慢吃饭
慢慢吃苹果
慢慢堆雪人
慢慢爬山

我慢慢上车
如果我没有赶上车
我就会看着它慢慢离开
然后等待下一个慢慢的它

这里有我走不完的路
有我爬不完的山
有我捡不完的松果
有我数不完的星星
有我用不完的快乐

所有人都慢慢走路
鸭子慢慢地下河上河

鸭子慢慢寻找食物
又慢慢地把食物送给它们的孩子
这些鸭子有一千只一万只一亿只那么多
虽然我现在只看见了几只
那是因为另外的那些鸭子还没有赶来
如果我在河边慢慢地等下去
就会看见他们慢慢出生越生越多
变成一千只一万只一亿只

鸭子们慢慢消失在河那边
他们游到慢慢下山的夕阳上了
游到慢慢上山的月亮上了
连他们消失的声音都是慢慢的

今天下午我看见一棵大樟树
一棵很随便的大樟树都已经 190 岁了
他像个老爷爷一样坐在那里
给比他小的树和人慢慢讲故事

这个地方一点儿不像我们深圳
每天都在赶路
这里与众不同一望无际
我在慢慢熟悉这个地方
我跟着它慢慢地慢了下来

2014. 2. 24

电影《铜雀台》观后记

曹操很凶狠
他想占领全国

曹操一边想占领全国
一边想把世界最美的人占领了

他在最美的人里
选择最爱的人

他想把最好的城
给他最爱的人

他只有三个办法
第一，把全国的人都杀掉
第二，在市场卖鱼
赚很多钱
买来兵马
再占领全国
第三，自杀

让别人把他埋掉
再变成巨人
回来打仗

曹操这个人
适合在荒草地里打仗

而刘备呢
他适合在小溪流里打仗
刘备很细小
溪流也很细小
要不然他就会
被溪流挤扁

关公呀
他适合在难关里打仗
要不他就自已做个难关
跟别人打

诸葛亮这个人
他可以一边负责喂猪一边打仗
或者他在地上画个格子
在格子里打败敌人
但是他必须在光线很好的地方打仗
如果没有光线
他会老得很快

2012. 9. 28

好多小虫子

好多小虫子
有的背着包
有的没背包
还有的戴着眼镜
有的没戴眼镜
都穿着衣服
都不说话
都面无表情
都挤来挤去
赶路

有的像七星瓢虫
但不是七星瓢虫
有的像粪金龟
但不是粪金龟
有的像蜗牛
但不是蜗牛
有的像别的什么昆虫

但不是别的什么昆虫

这是今天早上
我在市民中心地铁站
扶手电梯最上面
往下看
看见的一些人

我很怕掉下去
如果掉下去
我也就成了一只
小虫子

2013. 12. 18

不知不觉入睡的叔叔

我有一天
在地铁里
看见一个叔叔
靠在地铁栏杆上
站着
一会儿眯着眼睛
一会儿睁开
一会儿又眯上

他一会儿做梦
一会儿
从梦里出来

就像大山的山顶
一会儿在云彩里
一会儿又从云彩里
显露出来

我拿手指头
点了点爸爸
悄悄说
喂爸爸
你看那个叔叔

爸爸偷偷笑了笑
地铁也偷偷笑了笑

没办法
地铁也不能大声笑
地铁如果大声笑
会把我们
给炒煳了

2014. 1. 15

祖　国

国庆节
大润发门口有卖小国旗的
我买了两面
我一面
小狗花花一面
我给它绑在后背上
我的小狗也有祖国

2014. 10. 1

清 湖 村

你别看清湖村这么平静
可是我断定
这里一定发生过战斗

如果 10 年前没有发生过
那么 100 年前也一定发生过
如果 100 年前没有发生过
那么 200 年前也一定发生过
如果 200 年前没有发生过
那么 300 年前也一定发生过

我能听见他们战斗的惨叫
和胜利的高呼

2014. 10. 6

我 发 现（之7）

我发现
老鼠偷东西
只是人类的说法
在老鼠那里
这叫觅食

2014. 10. 9

我 发 现（之11）

我发现
有好多颜色
都还没有命名
还有好多声音
也没有命名
甚至
有好多字
还根本没有发明出来

2014. 12. 18

草根夫妻

今天晚上，爸爸
你必须给我抓一只萤火虫

而且爸爸，你要抓
就必须抓两只

姐姐一只
我一只

我想让它们住一块儿
结为草根夫妻

2015. 5. 2

早晨下雨了

早晨
下雨了
外面雨点倾盆
——我说的是那种小小的盆
而屋里干燥无味

小燕子从窝里出来
伸伸腿
做广播体操

雨点在水面边唱边跳
一首歌还没有唱完
就沉到了水下
由别的雨点接着
唱和跳

人死了进天堂
雨死了进水塘

我们淋着雨点去买菜
感觉很干净
路上有只小黑狗也很干净
它后面那只跟它一样大的泰迪犬
也很干净

我知道它们有一只是发廊的
另一只是隔壁快餐店的
它们俩是
好朋友

2015. 6. 24

蚂　蚱

在莲花山芦苇丛旁边的
草地上
我在捉一只蚂蚱
发现它正在吃草
就停下来
等它吃完

结果它一口一口
吃了足足有两分钟

2015. 7. 2

停 水 了

停水了
我望着月亮说
现在
我们和你一样了

2015. 6. 18

【卷 B】

姜馨贺作品

Chapter 1

第一辑 我慢慢吃饭

很　多

我挥挥手
就有很多手

我跑步
就有很多脚

小狗朝我摇尾巴
就有很多尾巴

然后
我打秋千
就有很多我

你们会不会自豪啊
这么多女儿

2007. 12. 1

我慢慢吃饭

我慢慢吃饭
我慢慢吃水果
我慢慢喝牛奶

我是想慢慢长大
很慢很慢很慢很慢

因为你说过
我长大了
你就老了

你两边都有白头发了
我不喜欢你的白发

2007. 12. 12

红 爸 爸

爸爸往楼下
搬东西
搬了三四趟
爸爸累得
脸都红了

我爱你
红爸爸

2013. 11. 11

看　鱼

妈妈站在桥上看鱼
我站在楼上
看妈妈

妈妈给爸爸打电话
说好多鱼啊
好大的鱼啊

妈妈不知道
我在楼上看她

我也给鱼打了个电话
我说
喂！鱼们
介绍一下
桥上那个
一惊一乍往下看
穿着黑外套

拉个旅行包
最近有点胖的
女的
是我妈妈

2013. 11. 13

我 的 爱

我的爱
装满全世界
所有的地方

屋子里面有
屋子外面也有

石头里面也有
连你喝的茶水里
连电灯里面
都有
电灯的光洒下来
全都是我的爱

我还没有告诉过你呢
我的爱
连门里面也有
连土里面也有

但是
你的爱在哪里呢
因为没有你的地方了

这样吧
我把所有的松树
都让给你
你可以把你的爱
放在里面

你的爱还可以
到外星球上去
找地方

2007. 12. 3

我心中的小花

我心中的小花
为我把灯笼点上

灯笼
在我家门外
透出无限的光芒

我心中的小花
哄我睡觉
帮我刷牙
给我洗脸

我心中的小花
把我从梦中叫醒的那一刻
我是多么幸福

2008. 9. 8

5 朵玫瑰花

整个下午
我都在家里
用彩纸折玫瑰花
我折了 1 朵
两朵
3 朵
4 朵
5 朵玫瑰花

我要把 5 朵玫瑰花
全卖给爸爸
让爸爸送给妈妈
并且向妈妈
求婚

我希望爸爸向妈妈
求 1 次
两次

3 次
4 次
5 次婚

并且举行 1 次
两次
3 次
4 次
5 次婚礼

然后生下 1 个
两个
3 个
4 个
5 个我

这样
我就会度过 1 个
两个
3 个
4 个
5 个童年了

整个下午
我都在
认真地折玫瑰花

一边折

一边静静地

等爸爸回家

2014. 2. 2

土　地

奶奶老家
是黄土地
外婆老家
是红土地

所以看上去
奶奶有点儿发黄
外婆有点儿发红

我和妹妹就
有点儿
黄里透红

2014. 1. 28

奶奶的故事（之2）

爷爷去世第2年
我两岁
奶奶从她住了60年的村里
搬到城里的
姑姑家

奶奶感到寂寞
就在楼下的空地上开荒
种下一片无花果

8年了
无花果树长得
比大人的胳膊都粗了
奶奶常常坐在树阴下休息
仿佛又回到了村里

奶奶
当您凝望着那无花果的枝叶时

会在里面
看见爷爷吗

2014. 1. 27

奶奶的故事（之3）

90 岁的奶奶
踩着梯子
在无花果树林里
爬上爬下

奶奶雪白的头发
弯曲的脊背和
满是皱纹的脸
被树叶
遮住一部分
露出一部分

邻居说
你活到 100 岁
也挡不住啊

奶奶说
我活到 100 岁就请你吃饭

另外一些邻居说
请吃饭啊
我也去
我也去

2014. 1. 28

奶奶的故事（之4）

过年
奶奶给我和妹妹
寄来压岁钱

奶奶说
我活着
就寄

我不在了
就没人寄了

90 岁的奶奶
得意地说
这几年
我卖无花果
卖了有 4000 块

奶奶从来不提

她收到过 20 元假币的事

是姑姑告诉我们的
姑姑说
那次收了假币
奶奶好几顿
都不吃饭

奶奶自己不说
爸爸也就不问了

2014. 1. 28

大　爹（之3）

大爹说起他小时候
有次
要缴 3 块 4 毛钱的学费
家里没钱
大爹就用面粉做成胶
去粘知了卖

从平林院村出发
一个一个村地粘下去
一直粘到响水沟村
来回三四十里地

10 个知了卖 1 毛钱
340 个知了
才能赚够学费

我看见 340 个知了
被大爹串成长长的一串

齐声歌唱
歌唱一个少年的前程
歌唱它们自己的死亡

2014. 1. 10，10 岁

大　爹（之4）

大爹和爸爸喝酒
边喝边聊
说着老家的话
我们听不懂

他们聊着聊着
慢慢慢慢就陷了下去
陷到老家里去了

头顶的吊灯
突然昏暗起来
变成了一盏油灯

上菜的妈妈
装扮成奶奶

在纺织娘的叫声中
四周大片的

庄稼和果树
都睡了

当他们开怀大笑
一切又
立刻回来了

吊灯还是吊灯
妈妈还是妈妈
庄稼和果树长成了
高楼

2014. 1. 13

露　露

想起你
就想起 3 年前的那个傍晚
你摇晃着小小的身子
走在前面
渐黑的夜色即将把你吞没

妹妹说
如果那是我们的小狗
该多好哇

你竟然真的成了我们的小狗了
你原先的主人说
你曾经是只流浪狗
她家的狗太多
老是欺负你
还说你年纪有点大了
走累了会有点儿哮喘

我们永远无法知道你的真实年龄
以及你以前的所有经历
但这都不重要
重要的是
你好可爱
露露
你打退了那天晚上
所有的夜色

就像一道温暖的光
你照进我的童年
照着 3 年来
我的欢笑与哭泣
我的沉思
与奔跑

记得有天晚上
你坐立不安
心慌意乱
后半夜
你就生了 4 个孩子
我眼看着
你亲口
将他们一个个舔得干干净净
偎在怀里
对外界充满警惕

你突然就走了
我宁愿相信
你只是又一次摇晃着小小的身子
悄悄走路
不小心
走进泥土
并且不再回头

那也是个傍晚
莲花山桃花盛开
我和妹妹采集了很多花瓣
撒在你的身上
你的墓前

你的新家
紧挨着
比你先走的
一个女儿的家

露露
让我轻轻
帮你
把门关上吧

而此时此刻

你的另外 3 个儿子
他们都在哪儿呢
对你们来说
这个世界的确太大了
一旦分开
就是永别

露露
你让我看见了
世间的苍凉

2014. 3. 24

包 包 子

爸爸如愿以偿地买了两个蒸笼
我们如愿以偿地开始包包子
我和妹妹如愿以偿地
用面团做着各种手工
我做了一个大大的馅饼
并且用牙签扎上了一个“福”字
妹妹则做了一个外星人
还有一个妖精
其实只有爸爸一个人
在埋头包包子
我们做什么爸爸都说好看
没抬头看也说好看
此时正是中午
外面的阳光突然暗下来
过了一会儿
又暗了一次
比上次暗的短
我知道

那是一片云彩路过太阳
另一片云彩也路过太阳
它们不一样大

2014. 3. 28

清 明 记

连续几天都在下雨
清明节这天
刚好停了
天黑时妈妈从上班的地方
抽空回来一趟
我们约好
在万科第五园车站见面
然后一块去龙岸花园旁边的小山脚下
烧纸钱

妈妈一下车
妹妹就跑去抱住她
妈妈也跟我抱了抱
我们一家 4 口牵着手
往龙岸花园走

许多人都在路边
默不作声地烧纸钱

一团火就是一家人
虽然彼此都隔着一段距离
但这个晚上
总觉得
所有人都离得挺近

我们点燃的那团火
在路的尽头
离小山
最近
只要用树枝拨一拨
就有无数闪光的火星
飞向天空
纷纷扬扬
好像它们都知道自己
要去的地方
当它们最终消失不见的时候
我相信
那一定不是熄灭
而是进入了另一个世界

回家的路上
我说
可能现在爷爷在银行排队了
妹妹说
也可能爷爷那边天上开始下钱了

爸爸说
也可能直接打到爷爷卡里了
我又说
今天晚上
爷爷那儿会不会吃团圆饭呢
爸爸说
我们所想到的
都是有可能的
但是有一样不会发生
爷爷永远不会回来看我们了

妹妹走累了
爸爸扛着她走
这时
月牙儿在西边
银亮银亮的
就像
天门上
一个耀眼的把手

2014. 4. 8

燕　子

下了 3 天大雨
一大早
就有人敲门
原来是燕子妈妈
浑身是水
站在门外
说借点米好吗
家里 4 个孩子
实在揭不开锅了
雨一停就还

我连忙蹲下身子
说没问题

这时妹妹抢着说
但是你得给我一只小燕子

燕子妈妈难过地低下头

说那就算了吧
然后转身飞去

燕子妈妈走后
我和妹妹吵了起来

——其实这些
都是我想象的

而真实的情况是
我和妹妹打着伞
在雨中久久地
观察屋檐下
燕子一家
无论雨下得多大
雷电多恐怖
燕子妈妈都会
一次次飞出去觅食

只是雨越大
它离家的时间
就越长

2014. 5. 11

我的咪咪不见了
——寻猫启事

咪咪
你去哪儿了
都 3 天了
我们全家
到处找你
家里的每个角落
都没有你
街上
没有你
河边
没有你

你是不是
趁我不注意
打点了自己的行李
悄悄挖了个洞
跑到了一个
我不熟悉的世界

而你
又填住了
那个洞口

你消失得无影无踪
你带走了你所有的东西
唯独
留下了
你的叫声
夜深人静时
我常常听见
我还为你
开了好几次门

咪咪
你在那儿还好吗
玩够了
你就回家吧

妹妹说
她现在对你
没有烦
只有想

2013. 11. 18

Chapter 2

第二辑 在特呈岛骑单车

路　灯

我眯着眼睛
路灯变成烟花

我睁开眼睛
烟花又变回路灯

我闭上眼睛
烟花和路灯消失

2007. 12. 21

我闻见了雨的味道

雨是坐着云彩
从不同的地方来的

有的从海南岛
有的从俄罗斯
从越南
从山东
从广州
从北极熊的家乡
从湖北
还有的从我住过的莲花山庄

雨是从不同的地方分别来的
来参加一个大宴会

闪电是他们打招呼的暗号
雷电是他们吵来吵去闹矛盾

他们把大地当成蹦蹦床了
在上面唱歌跳舞
太阳对他们说
孩子们你们下吧
我到另外一个国家去了

我躲在楼里看下雨
我还伸手接住了 1 滴
那滴雨呀很奇妙
一落到我手里就生出了两滴新的
变成了 3 滴

我闻见了雨的味道
就像蓝蓝的大海的味道

2007. 7. 3

假 装

假装天空是个大海
白云是船
黑云是鲨鱼
月亮是个圆圆的小岛

假装地王大厦
不是深圳最高的大楼
有一个楼比它还高
地王大厦不服气
说那个大楼在哪里啊
我怎么看不见
我说那个大楼还没有建呢
但是我可以看见

假装幼儿园是在树上
我们爬上爬下
孙悟空是我同学
不是老师给小朋友上课

而是小朋友给老师上课
上他们没有见过的课

假装蚂蚁也是人
是小人国里的小小的人
对它们来说
小草就是大森林

假装爷爷还没有去世
他跟我一块玩会飞的积木
一块去寻找秘密山洞
还去大梅沙游泳
——爷爷会游泳吗

假装树叶是小溪
假装你是我的女儿
假装你和我都是女骑兵

2007. 12. 14

我不喜欢死神

我不喜欢死神

它带走了我的爷爷
带走了小黑哥哥
有一次
带走了我的小兔子
有一次
带走了我的小鸭子
还有一次
它带走了我的 6 条小金鱼

死神啊
你为什么
不把你自己带走

但是
你把你自己带走以前
你必须把我的东西
还给我
还有别的小朋友的东西

2008. 1. 2

怎么回事

怎么天花板上有人走路呢
怎么地板上装着吊灯呢
怎么你脚朝上头朝下面呢
怎么所有的树木都不是往上长
而是往下垂着
而且也不会掉下来呢

怎么回事呢

原来呀
我在倒着看

2007. 12. 27

早　晨

早晨
我来到楼下

太阳刚刚出来
我感觉到了
它的光给我的温暖

空气很清新
我深深的呼吸
闻见了椰子树的味道
小草的味道
大叶紫薇的味道
小叶紫薇的味道
土沉香的味道
蜘蛛兰的味道
鸡蛋花的味道
蚯蚓的味道

还有人可以吃的
马齿苋的味道
还有牵着我的
爸爸的手的味道

但是我也闻见了
汽车喷出来的气的味道
所以我就
不再深深地呼吸了

2007. 7. 7

我住的地方

我住的地方
全是高楼
爬到莲花山半山腰
就可以看到
车来车往
噪音很大
空气灰蒙蒙的

像个傻瓜

2008. 3. 14

我喜欢往深山里走

我喜欢往深山里走
一直走到大山最深的地方
越走树林越密
越走动物越多
它们还邀请我一起玩
没有人在它们的树上刻字
我亲爱的爸爸
一直陪着我

2008. 3. 14

五颜六色的衣服

红色衣服
发火了

绿色的衣服
画了一颗树和一片大草原

蓝色衣服
想去游泳

白色衣服
在生北极熊小宝宝

黑色衣服
盖着被子睡着了

黄色衣服
买来黄金卖

紫色衣服
在爬一颗结满果子的树

2008. 7. 31

你不要给我读这么忧伤的诗了

你不要给我读这么忧伤的诗了
那样我会想起我的朋友
想起那个
我只见过一次面的朋友

她不是小朋友
她不是大人
她是一条龙
她是一条红色的小龙
她能喷出红色的火焰

那天
我坐在花花大世界的台阶上
看见她从月亮上飞下来
她有一对翅膀
闪闪光光

她看着我

我也看着她
但是我认为她是我的朋友
她也认为我是她的朋友
她是一条红色的小龙
她能喷出红色的火焰
她的火焰照亮了
四周的夜色

后来
我就再也没有见到过她
我一直都在想念她
我说的不是梦

我很想让她再来
来跟我一起玩
一起玩老鹰捉小鸡的游戏

我要用魔杖
变出一对翅膀
跟她一起飞到月亮上
去参观一下月亮的宫殿
看望一下嫦娥和小白兔

我还想约阿 B 来
给阿 B 变一对翅膀
让他扮演一只猫头鹰

让他去追小老鼠
只是让他追
但千万不要抓住

你真的不要
给我读这么忧伤的诗了

2008. 6. 3

白　云

一连下了差不多
七七四十九天的雨
这天
天空突然放晴了
我透过窗户往外看
一片一片的白云
完美无瑕
唯一的不足在于
它们被防盗网罩住了

2014. 5. 14

牙齿是我的小刀

牙齿是我的小刀
我有一把锋利的小刀

很硬的东西
我也能切碎

现在
我开始换牙了

应该说
我开始换刀

2008. 8. 19

我吃橘子的时候

我吃橘子的时候

如果有一个带蒂巴的
和一个没带蒂巴的
我一定会选那个带蒂巴的

如果有一个蒂巴上带着一片叶子的
和一个没带叶子的
我一定会选那个带叶子的

如果有一片叶子上带着一根树枝的
和一片没带树枝的
我一定会选那片带树枝的

如果有一根树枝上带着树的
和一根没带树的
我一定会选那根带着树的

如果有一棵树是带着一个果园的
和一棵没带果园的
我一定会选那棵带果园的

如果有一个果园是带着一片原野的
和一个没带原野的
我一定会选那个带原野的

同样的道理
我吃别的水果也是这样
无论是苹果
梨
还是葡萄

2013. 10. 26

要　求

我只是要求凯蒂猫不是传说而是真的
我只是要求我能见到水果公主水果王子
我还想走进水果宫殿里去玩
我只是要求有一些会跳舞的花
会跳舞的剪刀
会跳舞的珍珠
但是照进珍珠丽的彩色光
永远不要熄灭
我只是要求天使能来一下我家
到我身边来一下
我还想要一位机器人老师
我还想长出翅膀
飞上天
去寻找我的伙伴
能找到谁我也不知道
反正一定会找到
不过我不想飞得太高
那样就会像一只小鸟

那么小
我害怕猎人真的会把我当成小鸟
我只希望万圣节那天夜里
南瓜大仙真的出现
送我一件礼物
其实我的要求并不高
但是我觉得我的要求对你来说并不重要
我觉得我都想哭了

2008．2．24

当书城地下室打开窗户的时候

当书城地下室打开窗户的时候
首先
我看到了泥土
到处都是泥土
再就是鼹鼠、蚯蚓、老鼠和兔子
他们躲在各自的家里
吃饭的吃饭
玩的玩
睡觉的睡觉
突然一打开窗户
它们吓了一跳
发现原来是姜馨贺呀
就从窗户跳过来
于是书城地下室挤满了小动物
人山人海
服务员阿姨说
怎么搞的
把书都翻乱了

我就召集它们排队
鼹鼠一队
蚯蚓一队
老鼠一队
小兔子一队
还给小兔子发胡萝卜
给老鼠发奶酪
鼹鼠和蚯蚓就不发了
因为我不知道它们喜欢吃什么
只好给它们读书
给鼹鼠读关于鼹鼠的书
给蚯蚓读关于蚯蚓的书
这些书
书城都有

2008.7.27

在特呈岛骑单车

下午
在特呈岛骑单车
这里的大地是圆的
天也是圆的
农田
老牛
鸡鸣
西沉的太阳
感觉骑进了古代
城市在很久很久以后
才会冒出来
姜馨贺也是很久很久以后的
一个人
我可能永远永远
碰不到她

2015. 4. 28

大 峡 谷

这天晚上
我觉得自己进入了一个大峡谷
特别是高远的天上飘着几朵云
特别是
还闪着几颗星星
两边的大楼
又高又陡
加深了我的忧郁

我是多么想
冲到悬崖顶上去
看看那里的世界

2015. 5. 2

Chapter 3

第三辑 雪地上的羊

捉 蝴 蝶

爸爸你知道吗
小蝴蝶好捉
大蝴蝶不好捉

因为大蝴蝶呀
经历了太多
往事

2006. 6. 2

天 黑 了

天黑了
长庚星亮了

河边的小树林黑了
河面亮了

山黑了
萤火虫亮了

学校黑了
满街的孩子们亮了

小区的院子黑了
家和晚饭亮了

深夜 22 点
中心书城黑了
路边拉二胡

唱豫剧
双目失明的
老爷爷
亮了

2013. 12. 4

夜　空

晚上
我和妹妹
躺在草地上
仰望天空

星星
像一群
惊慌失措的
萤火虫
逃得东一个
西一个

城市凶猛的灯光
追赶着它们
它们一定
很累了吧

比星星更远的地方

天空好黑啊
又黑又深

哎呀，天那么深
万一掉进
天里
怎么办呢

我赶紧爬起身
妹妹也跟着
爬起身
我们并排坐着

我听见四周
有蟋蟀的叫声

我觉得
心里
安全了许多

2013. 10. 22

蒲 公 英

阳光湾畔前的十字路口
人来人往
一小块花坛里
一棵茂盛的蒲公英
顶着几朵大大的绒球
我不经意地瞥见了
就马上告诉了爸爸
爸爸也看了一下
说别吱声
回头叫上妹妹
你们一块儿来把它给吹了
我们是要来吹
而且还得快
因为我又想起来
天气预报说
今天有阵雨

2014. 4. 7

读《聊斋》

今天在家
读《聊斋》
读累了
就走出家门
不知不觉来到菜市场
市场很热闹
叫卖声不断

不知不觉登上市场的高处
并且手持一根木棍
冲着众人大喝一声
小心狐狸精

有两个人
立刻化作狐狸
拖着大尾巴
落荒而逃
一个是肉铺老板的媳妇
一个是卖鱼的

后来
失去家眷的人
把我告到官府
两个差役扮成保安
在小区里徘徊
寻我

我悄悄溜回家
反锁大门
不敢作声

过了许久
爸爸才回来
我把此事告知爸爸
爸爸说
没事儿了
县令我已打点好

我忙问
花了多少银两

爸爸说
儿啊这你无需操心
人最要紧

2014. 4. 19

海　浪

他们决心
离开大海

他们有无数个
他们从蓝色的海面
抬起头

他们吵闹着
推挤着
他们雪白的牙齿
闪着阳光
向前冲

他们想爬上沙滩
去大地和天空
遨游

谁的头

昂得最高
谁就冲得最远

可是
他们还没爬上岸
就纷纷低下头
滑回大海
泪流满面

把手伸给我呀
让我帮你们
我已经在海边
徘徊了很久
裤腿
早已湿了

2013. 12. 27

正月初二在西丽果场

正月初二下午
我们去西丽果场摘杨桃
摘完杨桃
太阳就不见了
晚霞在天边微微
意思了一下
也不见了

月牙儿
像一道弯弯的眉毛

妈妈说
我还没有好好看过星星呢
咱们先别走
再等一会儿
等天黑下来
星星都出来了
好好看看

我们躺在垫子上
等星星

可是天一直黑不下来
地平线上
排列着一大片一大片的红光
爸爸说那是城区的灯光
映红了天空

爸爸一一指着给我们看
说那片是福田
那片是南山
那片是宝安
那片是龙华

只有羊台山的方向
才聚集着
一些微弱的夜色

稀少的星星
慢慢出现了
一颗一颗
我们艰难地寻找着
它们并不亮
也没有什么精神
似乎病了

终于等来一颗
最亮的
原来是一架飞机

又是一颗最亮的
也是一架飞机

后来
又一颗闪亮的
那是有人在燃放烟花

最后
飞机和烟花
越来越多

爸爸说
要想看到真正的星星
就得离开这个城市
去更远的地方

我知道
爸爸在安慰我们
我也在心里
安慰着星星

2014. 2. 1

属　相

我属羊
妹妹属猪
妈妈属兔
奶奶和外婆
还有爸爸都属老鼠

我朋友石杨属猴
金锁属鸡
虎虎属马
超然属龙
她妹妹越然属蛇

我的小狗小白属牛
小白的女儿旺旺和花花都属马
我的鸽子属羊
我失去的小猫咪咪属蛇

听说好多国家都没有属相

人仅仅是人
狗仅仅是狗
鸽子仅仅是鸽子
猫仅仅是猫
感觉好单调

2015. 5. 8

一　秒

妹妹坐在窗台上
往外看
我无意地瞥了她一眼
天那么大
她那么小
仿佛我们都在小人国里
没有防盗网
没有握手楼
没有高空抛物
没有网吧
没有垃圾场
没有清湖村
没有深圳
没有中国
只有小人国

一秒后
有了中国

有了深圳
有了清湖村
有了垃圾场
有了网吧
有了高空抛物
有了握手楼
有了防盗网
没有小人国

2015. 6. 3

雪地上的羊

奶奶家大门口的雪地上
总是拴着一只羊
每天
我都跑去喂它些菜叶
有时它突然胖了
有时它突然瘦了
有时它突然高了
有时它突然矮了
有时它突然大了
有时它突然小了
其实它并不是同一只羊
只是我把它当成同一只羊来喂
而且我尽量不去看旁边那个肉铺
以减少内心的悲伤

2015. 1. 9

灰尘和雨点

如果我们的视力再变得强一些
灰尘就会有雨点那么大

如果我们的视力再变得弱一些
雨点就会像灰尘那么小

刚好我们的视力不强也不弱
灰尘一直安心的做着灰尘
雨点一直安心的做着雨点

2014. 12. 26

过　桥

每次过桥
我都探头往河里看
看看鱼
有时鱼多
有时鱼少
有时没有鱼
我就放慢脚步等一等
一般都能等来
如果
一直没等来鱼
我就觉得
这桥白过了
这河水
也白流了

2013. 11. 20

心　情

妹妹拿一个大大的纸箱
为小白做了个狗窝
斜顶
还有门窗
小白满足地躺在家里
有时把它当公寓
有时把它当别墅
有时把它当闺房
有时把它当行宫
有时把它当尼姑庵
这分别取决于它当时的
心情

至于有时
妹妹也会钻进去
半天不出来
当然这也取决于妹妹的心情

2014. 12. 27

红 苹 果

妈妈买了些苹果
里面有一个红得最漂亮
漂亮得近乎完美
完美得近乎
可疑

其他苹果都被
陆续吃掉了
只剩下这个苹果
独自红着
漂亮着
完美着

我和妹妹
还有妈妈
在演《白雪公主》时
用它当毒苹果
这样一来

就更没人敢吃了

最后
它死于腐烂

2014. 10. 8

湛　江

1.

整整坐了七八个小时的大巴
一路之上
青山绿水稻田鱼塘
总是抬头张望的水牛
还有一场没头没脑的雨
湛江在深深深深深深的
原野的
最深处

2.

一个白花花的城市
街道白花花的
天空白花花的
大海也是白花花的

直到黑夜把它

一点点涂黑

3.

这个地方
住着两种动物
人类
和摩托车
他们紧紧拥抱着
相依为命

4.

正午的阳光下
一个戴草帽的人
在海边
一网一网的撒网打鱼

每次他一撒网
海就会本能地
往后
躲一下

5.

在海滩

我用大半天
精心建造了一座沙子的城堡
有高高的塔楼
有城墙
还有护城河环绕

只是为了让上涨的潮水
把它吞没

6.

妈妈带我们去看
她小时候的家
5 楼
阳台砌着红砖

在楼下
我看见
一个虚构的小女孩
背着书包
往楼上跑
那
是妈妈

2014. 9. 26

深夜 11 点

龙华文化广场
深夜 11 点
警察和城管
准时下班
撤离

小商贩们从广场四周蜂拥而来
玩套圈的
射气球的
卖糖葫芦的
卖冰西瓜的
出租碰碰车的
出租羽毛球拍的
出租溜冰鞋的
出租双人自行车的
烤羊肉串的
他们纷纷选好地盘
开张营业

一时间广场上热闹非凡

而在此之前
他们都埋伏在广场四周
静静等候 11 点整
这一伟大时刻
或聊天
或打牌
或玩手机
或发呆
或骂小孩
或夫妻吵架

就像一个盟约
每天深夜 11 点
小商贩们的头顶之上
阳光灿烂
每天深夜 11 点
广场从天上
回到艰辛的人间

2014. 10. 2